마음속 딱 한 글자

마음속 딱 한 글자

김응 동시집 • 이주희 그림

창비

차례

제1부

마음아, 괜찮니?

제2부

우리 같이 햄볶하자

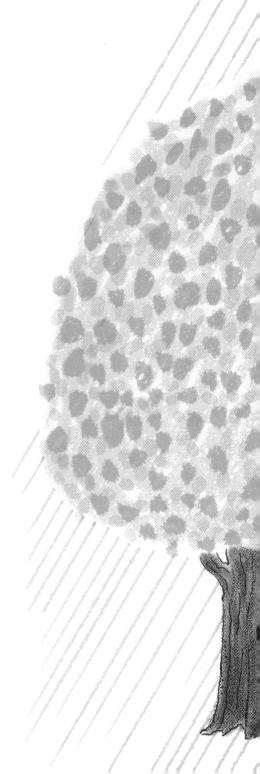

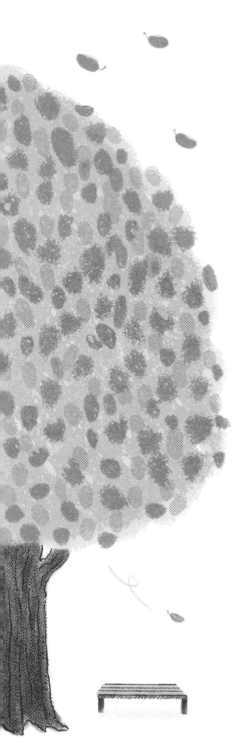

제3부

너한테 그런 친구가 되고 싶어

제4부

구슬들이 나를 따라왔어

제1부

마음아, 괜찮니?

스며들고 스며들고

예쁜 것을 보면
마음에 담아 두고 싶어

오늘은 몽글몽글 구름이 예뻐서
손가락으로 네모를 만들어
하늘에 요리조리 대 봤어

솜사탕 구름이 스며들고
아이스크림 구름이 스며들고
하트 구름이 스며들고

강아지 구름이 꼬리를 흔들며 따라오고
꼬리에 꼬리를 물고 몽글몽글 생각이 따라오고

어느새 마음속 먹구름도 사라졌지

구겨지고 구겨지고

시를 써야 하는데
잘 안 써진다
삐뚤삐뚤 글씨도 마음에 안 든다

공책 한 장을 찢어
마구마구 구겼다

구겨진 종이가 말한다

네 얼굴도 구겨졌잖아
네 마음도 움츠러들었잖아

똑, 똑

내 마음은 그런 게 아닌데
몰라주니까 눈물이 난다
똑, 똑

딱딱한 책상에 엎드려
애꿎은 샤프심만 부러뜨린다
똑, 똑

마음까지 부러지는 것 같다
마음까지 작아지는 것 같다

마음아, 괜찮니?
내 마음에 노크를 해 본다
똑, 똑

엄마

엄마라는 말에는
동그라미가 들어 있고
네모가 들어 있어

밤하늘 보름달을 보며
멀리 떠난 엄마를 생각할 때면
엄마라는 말은 동그라미가 되거든

엄마랑 이야기 나누고 싶을 때면
나는 창문을 바라다봐
네모난 창문은 엄마가 되거든

가끔은 세모가 될 때도 있어
엄마라는 말만 떠올려도
가슴이 콕콕 찔리듯 아파 올 때

딱풀

듣고 싶지 않은 말을 듣고
풀이 죽은 날

다행히 나한테는
딱풀이 있었어

듣고 싶은 말들
공책 가득 써서
오리고 잘라
여기저기 벽에
붙여 놓았지

떨어지지 않게
딱딱

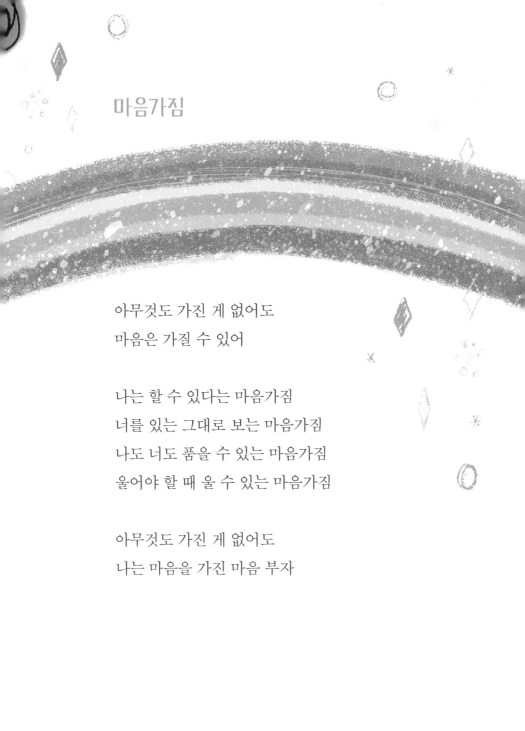

마음가짐

아무것도 가진 게 없어도
마음은 가질 수 있어

나는 할 수 있다는 마음가짐
너를 있는 그대로 보는 마음가짐
나도 너도 품을 수 있는 마음가짐
울어야 할 때 울 수 있는 마음가짐

아무것도 가진 게 없어도
나는 마음을 가진 마음 부자

마음 쓰기

마음을 쓰는 것은 쉽지 않아

닳아질까 봐
아껴 둔 것처럼

달아날까 봐
숨겨 둔 것처럼

어떻게 써야 할지 몰라
마음을 쓰지 못했어

있는 그대로
솔직하게 쓰면 어떨까

마음 가는 대로
생각하는 대로

그랬더니 신기하게도
마음을 쓰면 쓸수록
또 쓰고 싶어졌어

알쏭달쏭 시간

우리 학교 느티나무는
백 살을 살았는데
늘 여유롭다
비가 오면 피해 가라고
우산이 되어 준다
볕이 뜨거우면 쉬었다 가라고
그늘이 되어 준다

열 살인 나는 백 살이 되려면
구십 년이나 남았는데
늘 시간이 없다

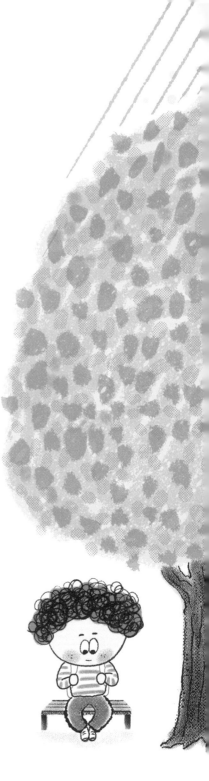

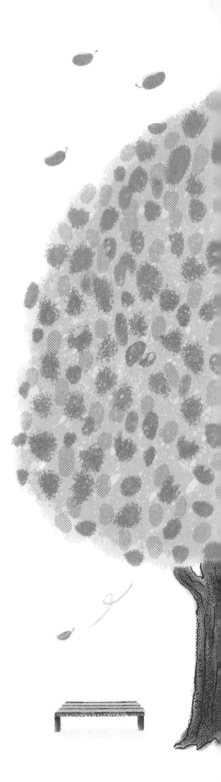

멋진 나무가 되는 법

멀뚱히 키만 크다고
멋진 나무가 될 수 없어
멋진 나무가 되려면
곁가지가 많아야 해

가지들이
따가운 볕을 견디고
폭풍우를 이겨 내고
눈이 쌓이고
고드름이 맺히고
잎을 틔우고
꽃을 피우고
열매를 맺고
낙엽을 떨어뜨리면서

수많은 가지가

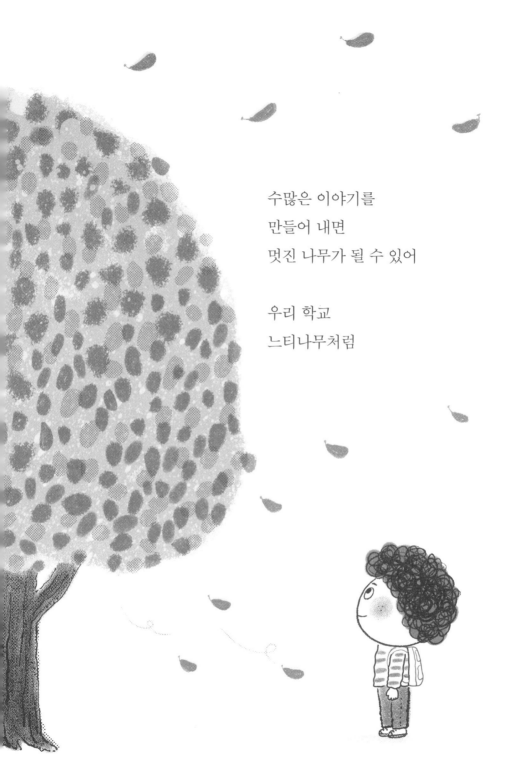

수많은 이야기를
만들어 내면
멋진 나무가 될 수 있어

우리 학교
느티나무처럼

겨울잠

겨울잠은
생각 잠이다

곰은
봄바람 불면
무엇을 할지

개구리는
봄볕 들면
뭐 하고 놀지

무당벌레는
봄꽃 피면
무슨 옷을 입을지

겨울잠 자면서

생각 놀이에 빠진다
봄을 꿈꾼다

둥글둥글

둥글둥글 훌라후프는
눈도 둥글게 만들고
입도 둥글게 만들고
말도 둥글게 만들지

눈이 둥글면
입이 둥글면
말이 둥글면
마음도 둥글어질까?

둥글둥글 훌라후프를 돌리고
또 돌리며 생각했어

공이 되어

하루쯤
뒹굴뒹굴

아무도 만나지 않고
아무 데도 가지 않고

하루쯤
뒹굴뒹굴

뾰족한 생각을 다듬으면
구멍 난 마음을 메우면

내일은
바람 빵빵한 공이 되어
다시 통통
튀어오를 거야

제2부

우리 같이 행복하자

서로서로

하늘에 구름이 매달리고
구름에 바람이 매달리고
바람에 빗방울이 매달리고
빗방울에 내 몸이 매달리고
내 몸에 지구가 매달리고

지구가 나무를 잡아 주고
나무가 잎을 잡아 주고
잎이 햇볕을 잡아 주고
햇볕이 무지개를 잡아 주고
무지개가 하늘을 잡아 주고

서로서로 기꺼이
손을 어깨를 등을 내어 준다

평화

비 오는 날
처마 밑에 엎드린
누렁이

제 밥그릇에
참새가 다가와도
짖지 않고
바라본다

비 맞은 손님
배고픈 손님
쫓지 않고
밥그릇을 나눈다

다리

윗마을이든
아랫마을이든
한쪽만 잡고 있으면
다리가 될 수 없어

왼쪽 길이든
오른쪽 길이든
한쪽으로 기울어지면
다리가 될 수 없어

위쪽 아래쪽
왼쪽 오른쪽
서로 오가라고
양쪽을 똑같이
잡고 있는 거야

문

아빠 따라 마트에 갔는데
옆 차가 선을 넘어
삐뚤게 차를 세워 놓은 거야
문과 문이 바짝 붙어 버렸지

차와 차도
마음과 마음도
너무 바짝 붙으면
제멋대로 삐뚤어지면
문을 열기가 힘들어

귀를 열자

눈은
감을 수 있고

입은
닫을 수 있지만

귀는
감을 수도
닫을 수도 없다

작은 소리에
귀 기울이라고
남의 이야기
잘 들어 주라고

귀는 열려 있다

1도만 올라도

온몸이 불덩이다
뼈마디가 쑤시고
기침 재채기 콧물이 난다
아무 데도 못 가고
아무도 못 만나고
아무것도 못 한다

지구도 똑같다
바이러스와 싸우는 중
우리를 위해
오늘도 버티는 중

비가 쉬지 않고 내린다
지구가 울음을 그치지 않는다

한여름

눈 코 입을 콕콕 찍는 눈송이를 생각한다
주머니 속에 찔러 넣은 언 손을 생각한다
동글동글 굴려 만든 눈사람을 생각한다

지난겨울을 생각한다

아, 시원해

울어

울어는
아홉 살 고양이

어릴 때
하도 울어
이름도 울어

밤낮없이
울고불고
집집마다
잠 깨우던 울어

이제는 아무 때나 안 울어
다른 고양이들
싸움 걸어도 느긋
배가 고파도 느긋

울어야 할 때를 아는 울어

울어는
아홉 살 고양이

장마

처마 밖에서
비들이
비비 비비 비비 비
말하면

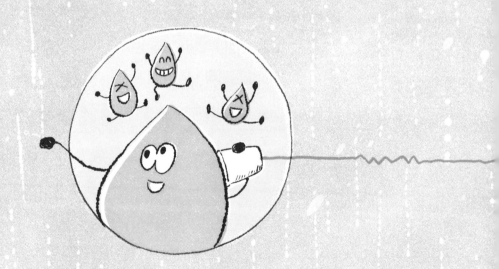

처마 안에서
제비들이
삐삐 삐삐 삐삐 삐
답한다

작고 외롭고 쓸쓸한

오래된 탑과 교회 종도
빌뱅이 언덕도
지붕 낮은 흙집도
방문 아래 디딤돌도
벽지에 핀 곰팡이도
키 작은 밥상도
마요네즈병 호롱불도
누렇게 바랜 원고지도
쥐구멍 속 배고픈 생쥐도
엄마가 보고 싶은 토끼도

작고
외롭고
쓸쓸하지만
함께하면
하루를 살아갈

힘이 된다

날마다 눈 맞추는
친구가 되고
이야기꽃 피우는
가족이 된다

• 하늘나라에 계신 권정생 선생님을 생각하며 쓴 시.

하나하나가 모여

도 레 미 파 솔 라 시 도
낮은음부터 높은음까지
음 하나하나가 모여
노래가 된다

빨 주 노 초 파 남 보
붉은색부터 푸른색까지
빛깔 하나하나가 모여
무지개가 된다

풀 꽃 나무 강아지 고양이 나 너
작은 생명부터 커다란 생명까지
생명 하나하나가 모여
함께 사는 세상이 된다

고소한 튀김

점심시간이 다가오면
고소한 튀김이 생각나

연필을 튀기고
공책을 튀기고
교과서를 튀기고
책가방을 튀기고
의자를 튀기고
책상을 튀기고
칠판을 튀기고

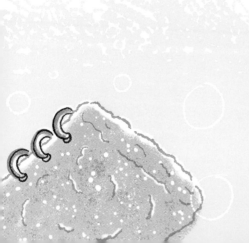

머릿속으로
몽땅몽땅 튀기고
생각나는 대로
바삭바삭 튀기고
공부도 시험도
모두모두 튀기고

우리 선생님
침 튀기며 말할 때도
난 고소한 튀김에 빠져 있어

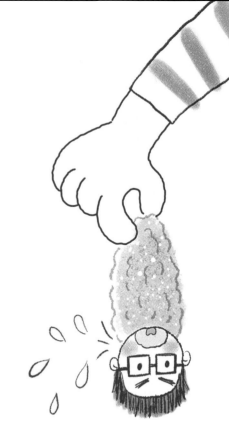

햄볶

소곤소곤 다지고
따끈따끈 볶아서

어제도 햄볶을 먹었어
오늘도 햄볶을 먹을 거야

내가 햄볶해도 좋아
누군가 햄볶해 줘도 좋아

햄볶은 질리지 않아
절대 물리지 않아

나는 햄볶을 좋아해
밥맛 없는 날
햄볶을 먹으면 좋아

소곤소곤 다지고
따끈따끈 볶아서

매일매일
햄볶할 거야

우리 같이
햄볶하자

제3부

너한테 그런 친구가 되고 싶어

첫사랑

좋아하는
그 애만 보면
자석이 된다
그 애 마음에
내 마음이 달려가
찰싹 달라붙는다

짝사랑

좋아하는
그 애만 보면
얼음이 된다
그 애한테
내 마음 들킬까 봐
바짝 얼어붙는다

약속

새끼손가락 서로 걸고
엄지손가락 도장 찍고
손바닥 마주 대어 복사하고

이제 우리는
그런 사이

말 안 해도
아는 사이

눈짓만으로도
통하는 사이

그래서

아하 그래서 그랬구나
맞아 그래서 그랬어
하하 그래서 그러면
호호 그래서 그렇지 뭐
정말 그래서 그래?
응응 그래서 그렇다니까

그래서
나랑 너랑
통하는 거지

친구

비밀을 말하는 친구보다
비밀을 지켜 주는 친구가 좋아

이야기를 많이 하는 친구보다
이야기를 잘 들어 주는 친구가 좋아

즐거울 때 함께하는 친구보다
힘들 때 곁에 있는 친구가 좋아

너한테 그런 친구가 되고 싶어

돋보기

돋아난 거 보여?
보이지 않는다고?
기다란 뿔이 내 머리에 있잖아!

한 마디

너는 모르겠지만
나는 오늘
마음이 다쳤어

네 말 한 마디에
내 맘 한 마디가
작아져 버렸어

너는 모르겠지만
나는 이제
마음이 닫혔어

섬과 섬

함께 있어도
서로 딴생각

나란히 앉아도
서로 딴짓

오늘은
너도
나도
섬이다

자국

이사하는 날
책꽂이를 빼니
벽지에 자국이 뚜렷하다

침대를 들어내니
장판에도 자국이 찍혀 있다

서로 맞닿은 자리마다
자국이 남았다

날마다 붙어 다니던
친구가 전학 간 날
내 마음에도
자국이 남았다

복슬이

복슬이가 떠났다
까만 털이 복슬복슬해서 복슬이
복을 쓸어 온다 해서 복슬이
봄볕 쬐며 꾸벅꾸벅 졸다가도
나를 보고 꼬리를 흔들던 복슬이

내 목소리
내 발소리
내 냄새까지
알아맞히는 복슬이

무엇을 하더라도
어디를 가더라도
복슬이만 생각난다

바람결에 나뒹구는
까만 비닐봉지도 복슬이로 보인다

단짠단짠

달달한 도넛을 먹으면
짭짤한 라면이 생각나고

매콤한 국물떡볶이를 먹으면
달콤한 아이스크림이 떠오른다

우산도 없이
소나기를 맞은 날

빗물을 닦아 주며
네가 건넨 말

괜찮아?

내 마음도
단짠단짠

마음의 힘

힘이 들어
힘을 뺐어

주먹을 꽉 쥐고
얼굴을 찌푸리고
어깨를 웅크릴 때마다
마음도 작아졌거든

주먹을 펴고
얼굴을 펴고
어깨를 펴고
몸을 벽에 기대 봤어

손에서
얼굴에서
어깨에서

힘을 빼니
마음도 가벼워졌어

제4부

구슬들이
나를 따라왔어

시를 먹을 때

눈치 보지 말고
한 글자 한 글자
입에 넣자
쉼표도 마침표도
놓치지 말고
찍어 먹자
천천히 꼭꼭
씹어 먹자

형식 따위는
벗어던지고
주제 따위는
잊어버리고
입맛대로
마음 가는 대로
맛있게 먹자

학원 가는 길

빵 가게 옷 가게 꽃 가게
신발 가게 반찬 가게
화장품 가게 휴대폰 가게
자전거 가게 팥빙수 가게

다닥다닥 붙어서
마구 손짓하지만

지금 가고 싶은 가게는
놀다 가게

나는 나

호랑이 무늬 옷을 입었다고
힘센 호랑이가 되지 않아

토끼 모자를 썼다고
앙증맞은 토끼가 되지 않아

얼룩말 무늬 스타킹을 신었다고
롱 다리 얼룩말이 되지 않아

호랑이 옷을 벗고
토끼 모자를 벗고
얼룩말 스타킹을 벗고

거울 앞에 서면
나는 나

멋진 것은 뭘까?

나만을 위해 살지 않는 것
정의를 위해 목소리를 내는 것
약한 자를 기꺼이 돕는 것
강한 자를 두려워하지 않는 것
꿈을 꾸고 꿈을 잃지 않는 것

그리고 지금 바로 할 수 있는 것은
아무도 줍지 않는 쓰레기를 줍는 것

내일의 나는

너희가 똑같은 브랜드 옷을 입어도
너희가 마구 욕을 해도
너희가 길에 쓰레기를 버려도
너희가 스마트폰만 들여다봐도
너희가 아무 때나 목청껏 소리쳐도
따라 하지 않을 거야

내가 좋아하는 옷을 입고
내게 필요한 물건을 사고
남들 눈치 보지 않고 진실을 말하고
내가 옳다고 생각하는 일을 할 거야

나는 하나밖에 없으니까
나는 소중하니까
아무나
아무거나

아무렇게나
따라 하지 않을 거야

우아!

창가에 앉아
차를 마시며
책을 읽는
엄마 모습도
우아! 하지만

내 이야기
잘 들어 주고
가만가만 말하는
누나 모습도
우아! 하지만

한여름
땀 흘리며
밥상을 차리는
아빠 모습도

우아! 하다

저녁상에 올라온
반찬들을 보면
저절로
우아! 소리가 난다

시곗바늘

잠깐 한눈파는 사이에
시간이 후다닥 가 버렸어
이럴 때는
시곗바늘도
달려가나 봐

공부할 때는
시곗바늘도
기어가던데

시곗바늘도
한눈파는 거
좋아하나 봐
공부할 때는
나처럼 졸리나 봐

유통 기한

냉장고에 넣어 둔
우유도 유통 기한이 있고
빵도 유통 기한이 있고

짜디짠 간장도 유통 기한이 있고
쓰디쓴 약도 유통 기한이 있는데

옷장에 넣어 둔
새 옷도 작아져 버렸는데

내 마음에 넣어 둔
생각들은 유통 기한이 없나 봐

어제는 몇 년 전 들었던 말이 문득 떠오르고
오늘은 아주아주 어렸을 때 일이 생각났지 뭐야

엉뚱한 생각

물속에 사는 물고기도
목이 마를 때가 있을까요?

나는 공기를 마시는데도
숨이 막힐 때가 있거든요

뽑기 기계

꽉꽉 채워도 무겁지 않은 가방 뽑기
시간이 거꾸로 흘러가는 시계 뽑기
학교 담장 너머까지 보이는 안경 뽑기
어디든 데려다주는 신발 뽑기
어떤 문제도 문제없이 푸는 샤프 뽑기

이런 뽑기 기계 보면
나한테 좀 알려 줘

오늘은 그냥

숙제를 하다가
냉장고에서 아이스크림을 꺼냈어

숙제를 하다가
화분에 올라온 새잎들을 보았어

숙제를 하다가
노래를 흥얼거렸어

숙제를 하다가
하늘도 올려다보았어

새들은 줄지어 날아오르고 흩어지고
나는 아이스크림을 야금야금 핥아 먹고

오늘은 그냥
숙제를 하는 게
나쁘지 않았어

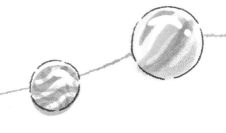

아무것도 없지만

처음 보는 구슬들을
오래오래 바라보았어
자세히 들여다보았어
한참을 만지작거렸어
갖고 싶다고 생각했어

주먹을 펴 보아도
주머니를 뒤집어 보아도
아무것도 없었어

집으로 돌아가는 길
투명한 유리알 속에서
시가 된 구슬들이 구르고 굴러
나를 따라왔어

시

놀다가 먹다가 걷다가
번뜩 떠오르는 게 있어
그게 뭔지 몰랐지만

글자들은 낱말이 되고
낱말들은 이야기가 되어
머릿속에도 마음속에도
입속에도 귓속에도 가득 찼어
머리카락에도 옷자락에도 매달렸지

모두 다 가지고 집으로 가고 싶었는데
한 걸음씩 내딛을 때마다
글자 꼬리가 똑똑 떨어져 나갔어
마음이 급해져서 다다다다다닥 뛰었더니
이야기가 된 낱말들이 줄지어 다다다다다닥
길바닥으로 뛰어내리는 거야

그래도 딱 한 글자는 마음속에 남았어

그건 바로
시

온통 어린이를 향하는 말,
어린이에게 말 거는 동시

박미정 • 초등 교사, 작가

나다움을 만들어 가는 어린이

저는 김응 시인의 시를 좋아해요. 『똥개가 잘 사는 법』
(2012), 『둘이라서 좋아』(2017, 이하 창비)에 실린 시를 필사하
고, 자주 꺼내 아이들과 읽습니다. 김응 시인은 애써 멋진
어른인 척하지 않아요. 애써 시를 폼이 나게 쓰려고도 하지
않아요. 그저 자기 안의 어린이를 가만히 불러내어 오늘의
어린이와 만나게 해요. 함께 깔깔깔 웃고 떠들기도 하고,

짙은 외로움과 슬픔을 툭툭 꺼내 나눠 갖기도 하지요. 그렇게 시인은 어린이의 단단한 마음을 믿고, 힘껏 응원합니다.

김응 시인의 네 번째 동시집 『마음속 딱 한 글자』를 받아 읽고, 너무 반가웠어요. 정말 어린이를 위해 쓴 시구나 싶었습니다. 시인이 어린이에게 바짝 다가선 느낌이랄까요. 시집에는 어린이가 이해하기 어려운 말도, 끝내 가닿기 어려운 세계도 없어요. 시를 분석하고 이해하려고 낑낑대지 않아도 됩니다. 소리 내어 읽고, 눈길이 가는 말에 가만 머물다 보면 느닷없이 '찌릿!' 하고 시와 통(通)해요. 머리보다 가슴이 먼저 반응하고, "나도 그래!" 하고 맞장구치고 싶어져요. 그렇게 시가 나의 이야기를 불러내고, 시와 삶이 엮이어 풍부한 해석을 길러 냅니다.

> 마음을 쓰면 쓸수록
> 또 쓰고 싶어졌어
>
> ―「마음 쓰기」 부분

"마음을 쓰는 것은 쉽지 않아"요(「마음 쓰기」). 누구나 그렇지만 어린이에게는 더욱 그렇지요. 어린이는 늘 어른이

정해 주는 대로 따라야 하기에 내 마음이 어떤가 살피는 데 서툴러요. 마음에 딱 맞는 이름을 붙이고, 적절하게 다루는 법도 알지 못해요. 자기도 모르는 그 마음 때문에 우울감을 느끼고, 원하지 않는 뾰족한 말이나 거친 행동을 하기도 합니다.

내 마음은 그런 게 아닌데
몰라주니까 눈물이 난다
똑, 똑

딱딱한 책상에 엎드려
애꿎은 샤프심만 부러뜨린다
똑, 똑

마음까지 부러지는 것 같다
마음까지 작아지는 것 같다

마음아, 괜찮니?
내 마음에 노크를 해 본다

똑, 똑

—「똑, 똑」전문

아무도 내 마음을 몰라줘서 눈물이 납니다. 어른은 왜 책상에 엎드려 있냐고, 샤프심은 왜 부러뜨리냐고 혼부터 내겠지요. 하지만 시에서는 아무도 아이를 질책하거나 빨리 괜찮아지라고 다그치지 않습니다. 샤프심이 부러지는 소리가 마음에게 '똑, 똑' 노크하는 소리로 바뀔 때까지 기다리지요. 마침내 아이는 마음에게 "괜찮니?" 하고 묻습니다.

샤프심을 실컷 부러뜨린 후에야 아이는 자기 마음을 알아채고, 조금씩 쓸 수 있어요. 단짝 친구와 사이좋게 지낸 날에는 기쁜 마음을 적고(「약속」「그래서」), 친구와 다툰 날에는 속상한 마음을 실컷 풀어냅니다(「한 마디」「섬과 섬」). 어느 날 갑자기 사랑이 찾아오면 열에 들떠 글을 적기도 하고요(「첫사랑」「짝사랑」).

시를 읽을 때마다 우리 반 아이들 얼굴이 떠올랐어요. '그때 민수 마음이 이랬겠구나.' '이 시는 딱 지수 얘기네.' '이건 진희에게 읽어 주고 싶다.' 하는 생각이 퐁퐁 솟았습니다. 아이들이 시를 읽는다면 '나도 모르는 내 마음을 시인이 더 잘 알고 있다니!' 하고 놀랄 거예요. 미처 살피지 못한 마음을 발견하고, 그 마음을 따스하게 보듬을 거예요. 자기 안에 몽글몽글 생겨나는 이야기를 받아 적고 싶어질 지도 몰라요.

우리 아이 마음이 어떤지 궁금하다면 아이와 『마음속 딱한 글자』를 읽어요. 아이에게 차례를 보여 주고, "어떤 제목이 눈에 들어오니?" 하고 물어보세요. 그날 아이의 마음에 따라 고르는 시가 달라질 겁니다. 그런 다음 고른 시를 소리 내어 읽어 보게 해요. "이 시가 오늘 너에게 와닿은 건 무엇 때문일까?" 가만히 물어요. 그렇게 시에 머물며, 아이가 들려줄 이야기를 기다립니다.

혹시나 아이가 다루기 힘든 마음을 만나도 걱정 없습니다. 여기 자기만의 방법으로 마음을 돌보는, 씩씩한 어린이가 있어요. 시 속 아이는 "듣고 싶지 않은 말을 듣고/풀이 죽은 날"에는 "듣고 싶은 말들"을 "오리고 잘라" 벽에 붙이고(「딱풀」), 종종 고개를 들어 하늘의 구름을 바라보며(「스며 들고 스며들고」) 자신을 다독입니다. "둥글둥글 훌라후프를 돌리"며 뾰족한 마음을 다듬고(「둥글둥글」), "하루쯤/뒹굴뒹굴"하며 "구멍 난 마음을 메"워 공처럼 "다시 통통/튀어오를 거"라 말해요(「공이 되어」).

아이와 함께 이 다정한 시들에 온전히 머무는 것만으로
충분합니다. 어른의 딱딱한 잔소리를 더할 필요가 없지요.
시를 읽으면 저절로 알게 되어요. 믿고, 기다려 주는 시간
이 아이를 힘껏 자라게 한다는 것을요.

너희가 똑같은 브랜드 옷을 입어도
너희가 마구 욕을 해도
너희가 길에 쓰레기를 버려도
너희가 스마트폰만 들여다봐도
너희가 아무 때나 목청껏 소리쳐도
따라 하지 않을 거야

(…)

나는 하나밖에 없으니까
나는 소중하니까
아무나
아무거나

아무렇게나

따라 하지 않을 거야

──「내일의 나는」부분

　찬찬히 내면을 돌본 어린이는 자기만의 단단한 목소리를 지니게 되어요. 시인은 그것을 놓치지 않고 시에 담았습니다. '나'는 "호랑이 무늬 옷을 입었다고/힘센 호랑이가 되지 않"고 "나는 나"일 뿐이란 걸 알아요(「나는 나」). "나는 하나밖에 없으니까/나는 소중하"다고, 무턱대고 "너희가" 하는 대로 "따라 하지 않을 거"라고 힘주어 말합니다(「내일의 나는」). 멋진 것은 무엇일까 질문하고, "지금 바로 할 수 있는 것"을 실천해요(「멋진 것은 뭘까?」). 나다운 것을 고민하고, 나다움을 만들어 가는 어린이! 참말로 미덥고 근사합니다.

나와 연결된 세상, 하나하나가 모여

도 레 미 파 솔 라 시 도

낮은음부터 높은음까지

음 하나하나가 모여
노래가 된다

빨 주 노 초 파 남 보
붉은색부터 푸른색까지
빛깔 하나하나가 모여
무지개가 된다

풀 꽃 나무 강아지 고양이 나 너
작은 생명부터 커다란 생명까지
생명 하나하나가 모여
함께 사는 세상이 된다

                                           —「하나하나가 모여」 전문

    시인은 어린이의 시선을 '나'에 가두지 않습니다. '나'의 밖으로 눈을 가져가 "풀 꽃 나무 강아지 고양이 나 너"를 함께 살피도록 하지요. 여러 음이 만나 노래가 되고, 여러 빛깔이 모여 무지개가 되는 것처럼 모두가 연결되어 "함께 사는 세상"을 이룬다는 걸 보여 줍니다. 새 학년, 새 학기에

「하나하나가 모여」를 크게 적어 교실 앞에 걸어 두고 싶어요. 아이들은 시를 읽으며 내 곁에 누가 있는지, 무엇이 있는지 자주 떠올려 볼 거예요.

자연을 이루는 여러 존재는 "서로서로 기꺼이" 매달리고, 잡아 주며 살아갑니다(「서로서로」). 밥그릇을 참새에게 내어 주는 누렁이는 평화를 가꾸지요(「평화」). 어린이는 시를 통해 자신을 둘러싼 세상을 조망하고, 기꺼이 연결되려는 의지를 기를 수 있습니다. 요즘 어린이는 치열한 경쟁 시스템과 요란한 디지털 세상 안에서 점점 고립되어 가요. 끈끈한 연결과 연대를 알려 주는 말들이 그 어느 때보다 귀하고 절실합니다.

어린이에게 동시로 말 걸기

김응 시인은 '지금, 여기'의 어린이 마음을 시원하게 드러내어 보여 주어요. 어린이가 직접 말하는 듯이 생생한 목소리로 전합니다. 덕분에 시는 어린이 마음에 단박에 접속해요. 어른이 어설프게 끼어 시를 해석하거나 무엇을 알려

주려 하지 않아도 괜찮지요. 어린이와 시가 다정하게 만나
게 도우면 됩니다. 그래도 시를 어떻게 읽어야 할지, 어린
이에게 어떻게 전해야 할지 걱정된다면 「시를 먹을 때」를
먼저 읽어 보세요.

눈치 보지 말고
한 글자 한 글자
입에 넣자
쉼표도 마침표도
놓치지 말고
찍어 먹자
천천히 꼭꼭
씹어 먹자

형식 따위는
벗어던지고
주제 따위는
잊어버리고
입맛대로

마음 가는 대로

맛있게 먹자

──「시를 먹을 때」 전문

시를 맛있게 냠냠 먹으면 된대요. 다른 사람은 어떻게 읽
나 "눈치 보지 말고" "마음 가는 대로" 생각하고 느끼면 된
답니다. 한결 마음이 가벼워지지요? 어른부터 이렇게 힘 빼
고, 조금은 제멋대로 시를 만나면 좋겠습니다. 정확한 답을
발견하고, 그것을 실수 없이 다루려 할수록 우리는 시와 멀
어져요. 시를 천천히 꼭꼭 씹어 먹으며, 정답 없음과 애매
모호함을 즐기세요. 가까이 있는 어린이와 함께요.

시인은 어린이 안에서 이제 막 몽글몽글 생겨나는 마음
을, 때로는 제멋대로 생겨나 다루기 힘든 마음을 사랑 담
아 지긋이 바라봐 줘요. 그러고는 '딱 한 글자'로 그 마음
을 있는 그대로 알아주며, 다정한 손길로 토닥입니다. 스며
들고 스며들고, 구겨지고 구겨지고, 둥글둥글, 울어, 한 마
디……. 어린이 마음에 적확하게 가닿는 말을 건네지요.

이렇듯 『마음속 딱 한 글자』는 온통 어린이에게 향하는
말입니다. 잔잔하면서도 힘이 세어서, 어린이 마음을 출렁

이게 해요. 당장 "나는요……." 하고 내 이야기를 꺼내고 싶게 해요. 어린이에게 말 거는 동시로 맞춤합니다. 아이 앞에 슬쩍 놓아 주고, "시를 소리 내어 읽어 보세요." "무엇이 떠오르나요?" 하고 말을 건네 보아요. 아이가 조심스레 꺼낸 말을 "그렇게 생각할 수도 있구나." 하며 소중히 들어요.

기다리고, 듣고, 기다리고, 듣고. 그게 전부랍니다. 그 시간을 정성껏 가꾸면 아이 안에서 말이 자라요. 마음을 품어 낼 '딱 한 글자'가 하나둘 자라요. 어떤 날에는 새로 품게 된 말을 종이 위에 사각사각 쓰고 싶어질지도 모릅니다. 그렇게 아이는 마음을, 자신을 알아 가요. 자기만의 세계를 그리고 가꾸며 자랍니다.

어린이와 함께 시를 읽다 보면 내 안의 어린이가 불쑥 걸어와 말을 걸기도 해요. 그럼 반갑게 인사하면 됩니다. "안녕, 마음아. 오랜만이야!" 하고요. 그리고 잠시 머물러 마음속 딱 한 글자를 떠올려 보세요. 여러분은 지금, 어떤 말을 기르고 있나요?

나의 마음 쓰기

내 마음은 날마다 달라져요.

내 마음은 여러 빛깔이거든요.

내 마음은 모양도 제각각이거든요.

나도 내 마음을 모를 때가 많아요.

어떤 날은 먹구름이 끼고

또 어떤 날은 무지개가 떠요.

어느 날은 뾰족뾰족해지고

또 어느 날은 둥글둥글해져요.

변덕스러운 내 마음이라도

변하지 않고 지켜 주는 친구가 나에게는 있어요.
그 친구는 바로 시예요.
그래서 내가 시를 쓰는 시간은
나의 마음을 쓰는 시간과 다름없죠.
시는 나를 가만히 들여다봐 주고
시는 나를 차분히 기다려 주고
시는 나를 천천히 이끌어 줘요.
나의 시가 어린이들에게 그런 친구가 되면 좋겠어요.
나의 시를 만난 어린이들 마음속에도
딱 한 글자가 남는다면 더없이 좋겠어요.

내 마음까지 환하게 물들여 주신 이주희 선생님, 따뜻하게 안아 주신 박미정 선생님, 발맞춰 함께 걸어 주신 창비 어린이출판부 식구들과 박경완 선생님 고맙습니다. 다정한 친구들이 곁에 있어 외롭지 않습니다.

새해 새날
메리옹유에서 옹

마음속 딱 한 글자

2025년 1월 10일 초판 1쇄 발행

지은이	김응
그린이	이주희

펴낸이	염종선
책임편집	박경완
디자인	이주원
조판	박아경
펴낸곳	(주)창비
등록	1986. 8. 5. 제85호
제조국	대한민국
주소	10881 경기도 파주시 회동길 184
전화	031-955-3333
팩스	031-955-3399(영업) 031-955-3400(편집)
홈페이지	www.changbi.com
전자우편	enfant@changbi.com